나를 만나는 기적의 명작 필사 1

유년 시절

나를 만나는 기적의 명작 필사 1

유년 시절

헤르만 헤세 지음

임호일 옮김

"나를 만나는 기적의 명작 필사"를 시작하며

"필사는 손으로 읽는 깊이 있는 독서법입니다"

 자극적인 이미지나 영상이 넘쳐나서 피로해진 시대에 필사는 고요하면서도 치열하고, 간단하면서도 깊이가 있습니다. 그래서 필사는 힐링이며 명상이고, 취미이며 수행입니다.
 좋은 글을 소리 내서 읽고 천천히 필사를 하면 긴장과 스트레스가 풀리며 마음이 차분히 가라앉아 힐링과 명상의 효과를 느낄 수 있습니다. 일정한 시간을 정해 꾸준히 필사를 하면 좋은 습관과 견디는 힘을 기를 수 있으며, 마음에 충족감과 성취감을 느끼게 하며, 향상심을 기를 수 있습니다.
 긴 글을 필사하면 글을 곱씹어 보는 맛이 있으며, 내용을 더 깊이 이해하게 되고, 문장력과 문해력, 글쓰기 능력이 좋아집니다. 주제와 의도 그리고 감정을 직접적으로 말하지 않고 '생략'하거나 '돌려서' 말하는 '문학 작품'을 필사하면 자신과 인간과 세상에 대한 이해력과 지혜와 통찰력을 기를 수 있습니다.

"천천히 정성껏 써 보세요"

　독서할 시간이 넉넉하지 않아도 괜찮습니다. 하루 5분으로 시작하여, 시간과 장소를 정해 꾸준히 필사해 보세요. 휴대하고 다니면서 자투리 시간에 필사를 해도 좋습니다.

　필사를 하기 전에 소리 내서 읽고, 외워서 옮겨 써 보세요. 문장이나 구 단위로, 또는 외울 수 있는 만큼 외워서 쓰면 기억력 향상에 도움이 됩니다.

　목적을 정해 필사해 보세요. 필체 교정을 위해서, 침착함과 끈기를 기르기 위해서, 좋은 습관을 기르기 위해서, 오락과 몰입의 즐거움을 위해서, 글을 꼼꼼하게 읽기 위해서 등등 목적을 정하면 필사 시간이 더 뜻있게 다가옵니다.

　본문 여백에는 의미 있는 부분을 옮겨 쓰거나 자기 생각을 덧붙여 써 보세요. 글쓰기 능력을 기를 수 있습니다.

"낙원 같은 봄날과 순수한 유년의 이야기를 써 보세요"

　헤르만 헤세의 단편소설 「유년 시절」은 어른이 된 주인공이 어린 시절을 회상하는 이야기입니다. 주인공은 훗날 어른이 되어 체험한 것의 총합보다 큰 의미를 지니는 유년 시절과 친구 브로지를 추억합니다. 이 작품을 필사하다 보면 기적과 같은 봄의 생명력과 헤세 문장의 아름다움과 깊이를 느낄 수 있으며, 순수한 아이의 시선을 통해 생명과 사랑의 의미를 되새겨 볼 수 있습니다.

갈색을 띠던 먼 숲이 며칠 전부터 파릇파릇 청아하고 밝은 빛을 발하기 시작한다. 점토 골목길 가장자리에 앵초꽃이 오늘 처음으로 꽃잎을 반쯤 연다. 습기 먹은 쾌청한 하늘에는 엷게 깔린 사월의 구름이 꿈을 꾸고 있다. 채 쟁기질이 안 된 넓은 논밭이 갈색으로 반짝이며, 무언가를 갈구하듯 포근한 대기를 향해 가슴을 열어젖히고 있다. 무언가를 잉태하여 싹 틔우고 싶어 하는 모습이다. 갖가지 초록 싹과 위로 치솟는 풀잎을 통해 자신의 보이지 않는 힘을 시험해 보고, 느껴 보고, 선사해 보고 싶은 모양이다. 온 누리가 기다리고 준비하며 꿈을 꾸고 있다. 온 세계가 무엇이 되기 위한 욕망에 사로잡혀 섬세하고 우아하게 내달리며 싹을 틔운다. 싹은 태양을 향해, 구름은 논밭을 향해, 이제 막 돋아난 풀은 대기를 향해 내닫는다.

해마다 나는 이맘때면 동경에 차서 가슴 졸이며 부활의 기적이 일어날 어떤 특별한 순간이, 틀림없이 나에게 올 거라는 기대에 부푼다. 언젠가는 힘과 아름다움이 시현되는 광경을 한 시간가량 전부 목격하게 되리라는 기대에 부푼다. 그리고 대지에서 생명이 웃으며 솟아올라 광명을 향해 생기 있는 커다란 눈을 활짝 여는 광경을 포착하고 체험하게 되리라는 기대에 부푼다. 해마다 기적은 사랑받고 존경받으며 — 하지만 이해되지 못한 채 소리를 울리고 향기를 풍기며 내 옆을 지나간다. 기적은 이렇게 와 있다.

그런데 나는 실상 이 기적이 오는 것을 보지 못했다. 새로 싹을 틔운 연약한 생명이 햇살을 받고 전율하는 모습을 보지 못했다. 꽃들은 갑자기 온 누리에 만발했다. 나무들은 어느새 엷은 나뭇잎이나 거품 같은 하얀 꽃잎을 달며 반짝이고 있다. 새들은 환호성을 지르고 멋진 포물선을 그리며 포근한 창공을 향해 비상한다. 내가 보았건 보지 못했건 기적은 지금 충만해 있다. 숲이 부풀어 오르고 멀리서 산봉우리가 나를 부른다. 바야흐로 장화와 가방, 낚싯대와 노를 챙겨 들고 온몸으로 새봄을 즐길 때가 되었다. 새봄은 해마다 더욱 아름다워지고 해마다 더욱 빨리 질주하는 것 같다. 그 옛날 내가 어릴 적엔 봄이 얼마나 길었던가! 그땐 정말 봄이 끝없이 길었다.

시간이 허락하고 마음이 평안하기만 하다면 축축한 풀잎에 오래도록 누워 보기도 하고, 근처 튼실한 나무에 기어올라 나뭇가지에 의지해 몸을 흔들어 보고, 꽃봉오리와 신선한 수지향을 맡고 싶기도 하다. 그리고 내 위쪽에 얽히고설킨 나뭇가지 그물과 녹색 나뭇잎, 파란 하늘을 바라보고, 또 나그네 신분으로 조용히 꿈에 젖어 행복했던 내 소년 시절의 정원 속으로 들어가 보고 싶다. 다시 한번 그 시절 어린 소년으로 돌아가 맑은 아침 공기를 마시고 싶고, 한순간이나마 창조주가 갓 빚어낸 세계를, 우리가 어린 시절에 보았던 그 세계를 보고 싶다. 그곳, 그 시절 우리의 마음속에는 에너지와 아름다움의 기적이 만개했었다. 이런 낙원에 다시 발을 들여놓을 수 있다면 얼마나 좋을까마는, 그것이 그리 쉽사리 이루어질 수 있는 일이 아니지 않는가!

그 시절 나무들은 환희에 젖어 의연하게 창공을 향했고, 정원에는 수선화와 히아신스가 눈이 부시도록 아름답게 봉오리를 열었다. 그 시절엔 우리가 잘 알지 못하던 사람들조차 부드럽고 친절하게 우리를 대했다. 그들은 우리의 매끈한 이마에 아직 신의 입김이 서려 있다고 느꼈기 때문이다. 그 당시 이 신의 입김에 대해 우리는 아무것도 아는 바가 없었다. 신의 입김은 우리가 성장하는 사이에 우리의 의지와는 무관하게 어느샌가 사라지고 말았다. 나는 얼마나 거친 개구쟁이였던가! 어린 시절부터 아버지의 속을 얼마나 많이 썩였던가! 어머니는 나 때문에 얼마나 많이 노심초사하고 얼마나 많은 한숨을 쉬셨던가! ― 하지만 내 이마에는 신의 광채가 서려 있었다. 내 눈에 비친 것은 모두 아름답고 생동감이 넘쳐흘렀다. 경건함이 전혀 깃들어 있지 않았는데도, 내 생각과 내 꿈속에는 천사와 기적과 동화가 한데 어우러져 들락거리고 있었다.

내 유년 시절에 대한 기억은 갓 갈아엎은 논밭 냄새와 파릇파릇 싹을 틔우는 숲과 연결되어 있다. 이 기억은 봄이 되면 매번 나를 찾아와, 반쯤은 잊어버려 윤곽이 잘 잡히지 않는 그 시절을 한동안 떠올리게 했다. 지금도 나는 그 시절을 상기하고 있다. 그래서 그 시절에 관한 이야기를 기억나는 데까지 한번 풀어 놓을 작정이다.

✿ 어릴 적 본 '봄'과 지금 보는 '봄', 그 모습은 어떠한가요?

이미 침실 창의 덧문은 모두 닫혀 있었다. 나는 어둠 속에서 반수면 상태로 잠자리에 누워, 옆자리에서 자는 동생의 규칙적이고 세찬 숨소리를 듣고 있었다. 그런데 놀라운 일은, 눈을 감고 있었는데도 칠흑 같은 어둠 대신 갖가지 색깔이 눈앞에 아른거리고 있었다는 것이다. 보랏빛과 불그스름한 빛을 띤 동그라미들이 끊임없이 파문을 일으키다가 어둠 속으로 사라지는가 하면, 또 안으로부터 새롭게 샘솟듯이 계속해서 동그라미들이 나타났다. 이 원들은 모두가 황금빛 얇은 띠를 두르고 있었다. 나는 산에서 불어오는 바람 소리도 들었다. 바람은 온순하고 느슨하게 불어와 커다란 포플러나무를 부드럽게 어루만지다가도, 때론 신음하는 지붕을 매섭게 때리기도 했다. 밤이 되면 아이들을 밖에 나가지 못하게 하고 잠을 자게 한다거나, 최소한 창밖을 내다보는 것조차 허용하지 않는 어른들이 매번 유감스러웠다. 그래서 나는 어머니가 덧문 닫는 것을 잊어버리는 밤이 오기를 고대했다.

어느 날 나는 한밤중에 잠이 깼다. 살며시 침대에서 일어나 가슴을 졸이며 창가로 갔다. 그런데 창밖은 신기하게도 환했다. 내가 생각했던 것과 달리 어둡지도 않고 칠흑같이 깜깜하지도 않았다. 사방이 음산하고 희끄무레하며 슬퍼 보였다. 커다란 구름이 온 하늘에 퍼져 신음하고 있었고, 검푸른 산들은 두려움에 가득 차서, 다가오는 불행을 떨쳐 버리려고 몸부림치는 것처럼 보였다. 잠든 포플러나무들은 죽은 것처럼, 핏기 잃은 유령처럼 생기가 없었다. 하지만 뜰에는 여느 때나 다름없이 벤치와 직사각형의 분수 그리고 어린 마로니에 나무가 그대로 있었는데, 이것들도 조금은 지치고 울적해 보였다. 이렇게 창가에 앉아 희뿌옇게 변한 세상을 바라본 시간이 얼마나 되었는지 나도 알 수가 없었다.

그때 멀지 않은 곳에서 어떤 짐승 한 마리가 겁에 질려 우는 소리가 들려왔다. 개 같기도 하고 양 아니면 송아지인 것 같기도 했다. 한밤중에 깨서 두려움을 느낀 것 같았다. 그 순간 나도 불현듯 무서운 생각이 들어 얼른 잠자리로 도망쳤다. 침대에 누워 울어야 할지 말아야 할지 어쩔 줄 몰라 하다가 그대로 잠이 들었다.

덧문이 닫힌 창밖의 세계, 나를 기다리는 창밖의 세계가 온통 수수께끼처럼 느껴졌다. 다시 한번 창밖을 내다보았다면 그곳이 아름답기도 하고 무섭기도 했을 것이다. 나는 음울한 나무들과 지쳐서 어른거리는 불빛을, 말이 없는 정원을, 구름과 함께 날아가는 산을, 하늘에 걸린 희미한 띠를 그리고 잿빛 먼 곳으로 가물거리며 뻗어 나가는 시골길을 다시 떠올려 보았다. 그러자 커다란 검정 외투로 몸을 감싼 어떤 도둑이, 아니 살인범이 몰래 숨어들어 오는 것 같기도 하고, 길을 잃은 어떤 사람이 밤의 공포와 짐승들에게 쫓기며 이리저리 도망 다니고 있는 것 같기도 했다. 그 사람은 어쩌면 내 나이 또래의 소년일지도 모르겠다. 길을 잃었거나, 아니면 집을 나왔거나, 약탈을 당했거나, 아니면 부모가 없는 소년일지도 모르겠다. 설혹 그 소년이 용감하다 해도 근처에 있던 도깨비가 그 애를 죽일 수도 있고, 늑대가 그 애를 잡아갈 수도 있을 것이다. 어쩌면 강도들이 그 아이를 납치해서 숲속으로 데리고 갔을지도 모르겠다. 그래서 그 아이 자신이 강도가 되어 칼이나 이연발 권총을 차고, 커다란 중절모와 긴 승마용 장화를 신고 있을 수도 있을 것이다.

여기서부터 한 걸음만 더 나가면 주책없는 헛소리로 들리겠지만, 아무튼 나는 꿈나라에 들어가 있었다. 꿈속에서 나는 지금 기억하고 생각하고 상상하는 것 모두를 두 눈으로 볼 수 있었고, 두 손으로 만질 수 있었다.

하지만 나는 잠든 것이 아니었다. 왜냐하면 이때 부모님의 침실로부터 나온 불그스름하고 가는 불빛이 우리 방문 열쇠 구멍을 통해 내가 있는 쪽으로 새어 들어와 캄캄하던 방 안을 희미하게 밝히나 했더니, 돌연 반들거리는 옷장 문에다 황색의 모난 반점을 흐릿하게 그리고 있는 상황에 직면했기 때문이다. 아버지가 방금 침실에 드신 것을 나는 알았다. 아버지가 양말을 신은 채 조용히 걸어가시는 소리가 들리더니, 이어서 차분하게 가라앉은 음성으로 어머니와 몇 마디 얘기를 나누고 계셨다. 아버지의 말소리가 들렸다.

"애들은 잠들었소?"

"그럼요, 잠든 지 벌써 오래됐어요."

어머니가 대답했다. 이 말을 들으면서 나는 아직 잠들지 않은 내가 죄스러웠다. 그리고 나서 잠시 침묵이 흘렀지만 불은 여전히 켜져 있었다. 이 시간이 나에게는 늦은 시간이었기에 졸음이 이미 눈꺼풀로 올라와 있었다.

그때 어머니가 다시 말을 꺼냈다.

"브로지 건강이 어떤지 물어봤어요?"

"내가 직접 찾아가 보았소. 아까 저녁에 갔었는데, 마음이 아프더라고."

"상태가 그렇게 나쁜가요?"

"매우 좋지 않아요. 봄이 가기 전에 죽게 될 것 같아. 얼굴엔 벌써 죽음의 그림자가 드리워져 있어요."

"어떻게 생각하세요? 우리 애를 한번 보내 볼까요? 그러면 혹시 병세가 호전될지도 모르잖아요."

어머니가 아버지에게 물었다.

"당신 마음대로 해요. 하지만 그럴 필요 없어요. 어린애가 뭘 알겠소."

"하긴 그래요. 편히 주무세요."

"그래요, 잘 자요."

불이 꺼지고 미풍의 미동도 잠잠해졌다. 방바닥과 옷장 문도 다시 어두워졌다. 이제 눈만 감으면 다시 금빛 테두리를 두른 보랏빛 붉은 동그라미들이 파문처럼 번져 가는 것을 볼 수 있을 것이다.

하지만 부모님이 잠들고 사방이 고요해지는데 갑자기 내 심장이 활발하게 움직이며 밤을 향해 달음질치기 시작했다. 과일이 연못에 떨어지듯 어렴풋이 알아들은 두 분의 대화가 내 심장에 떨어졌다. 이 파문은 삽시간에 커져 고동치는 내 심장을 넘쳐흘러 호기심의 세계로 스며들었다. 온몸에 불안과 전율이 일었다.

✿ 어릴 적에 보았던 '집 바깥 풍경'을 오감을 이용해서 표현해 보세요.

부모님이 얘기하던 브로지는 내 기억의 시야에서 거의 사라진 아이였다. 그 아이에 대한 기억이 아직 남아 있다면 그것은 희미하고 빛이 거의 다 바랜 기억일 것이다. 이름조차 기억나지 않던 그 아이가 이제 서서히 내 기억 속으로 머리를 들이밀고 들어와 생생한 모습을 보여 주었다. 처음에는 그 이름을 예전에 종종 들은 적이 있다는 것만 생각났으나 다음 순간, 어느 가을날 어떤 사람이 나에게 사과를 선물로 주었던 것이 떠올랐다. 그 사람이 브로지의 아버지였다는 것도 기억나면서 문득 모든 게 생생하게 떠올랐다.

그러니까 내 눈앞에 예쁘장한 소년이 떠오른 것이다. 나이는 나보다 한 살 위였지만 나보다 크지는 않았던 아이, 그 이름이 브로지였다. 내가 그 아이를 기억하는 그 시점에서 아마도 일 년쯤 더 거슬러 올라간 어느 날에 그 아이의 아버지가 우리의 이웃으로 이사를 왔고, 그 아이는 나와 친구가 되었다. 하지만 내 기억이 거기까지는 미치지 못했었다. 이제 다시 나는 그 아이를 또렷하게 기억해 냈다. 그 아이는 푸른색 털실로 짠 모자를 쓰고 다녔는데, 모자에는 우스꽝스러운 뿔이 두 개 달려 있었다. 그 아이는 항상 가방에 사과나 슬라이스 빵을 넣고 다녔다.

그 아이는 심심해지면 항상 기발한 생각을 떠올리고 놀이나 내기를 하자고 했다. 그 아이는 평일에도 정장 차림을 하고 있었는데, 나는 그게 무척이나 부러웠다. 나는 브로지가 힘이 없는 아이인 줄 알았는데, 언젠가 동네의 골목대장이 그 아이 모자에 달린 뿔을 놀려 대자 그 녀석이 불쌍할 정도로 흠씬 패 주는 것을 보고 한동안 브로지가 무섭기도 했다. (이 모자는 그 애 어머니가 손수 떠 주었다.) 그 애에게는 길든 까마귀 한 마리가 있었는데, 모이로 준 감자를 너무 많이 먹어서 가을에 죽고 말았다. 우리는 그 까마귀를 땅에 묻어 주었다. 관은 조그만 상자였는데, 너무 작아서 아무리 애를 써도 뚜껑이 잘 닫히지 않았다. 나는 목사처럼 추도사를 낭독했다. 그러자 브로지가 울기 시작했고, 이 광경을 본 내 동생이 그만 킬킬대고 말았다. 브로지가 내 동생을 때렸고, 나는 브로지를 때렸다. 내 동생은 울음을 터뜨렸고, 그래서 브로지와 우리는 따로따로 집으로 왔다.

나중에 브로지 어머니가 우리 집으로 건너와 브로지가 미안해한다고 말하면서, 내일 오후에 자기 집에 오면 차와 케이크를 주겠다고 했다. 나에게 줄 케이크는 벌써 오븐에 들어갔다는 말도 했다.

차를 마시면서 브로지가 우리에게 이야기를 하나 들려주었다. 그런데 그 이야기는 중간쯤 가다가 매번 처음부터 다시 시작되었다. 그 이야기의 내용이 전혀 기억나지 않았는데도, 나는 그때만 생각하면 웃지 않을 수 없었다.

이 기억은 시작에 불과했다. 이 기억과 동시에 수많은 일들이 떠올랐다. 브로지가 내 친구로 함께 지내던 여름과 가을에 경험한 일들로, 그와 만나지 못하면서부터 곧 내 기억에서 모두 사라졌었다. 그런데 그 기억들이 겨울에 낟알을 던지면 우르르 한꺼번에 몰려드는 새 떼처럼, 구름 떼처럼 사방에서 밀려왔다. 화창한 가을의 그날이 선명하게 떠올랐다.

그날 다하텔바우어 씨의 황조롱이가 헛간에서 달아났다. 그 새는 잘려 나갔던 날개가 다시 자라나자, 다리에 묶였던 놋쇠 고리를 끊고 어둡고 좁은 헛간을 떠났다. 새는 집 맞은편에 있는 사과나무에 조용히 앉아 있었다. 십여 명의 사람이 거리에 서서 그 새를 올려다보고 이야기를 나누며 이런저런 제안을 하고 있었다. 나와 브로지 같은 어린애들에게는 그런 광경이 무척이나 가슴 두근거리는 일이었다. 우리는 다른 사람들과 함께 그곳에 서서 그 새를 올려다보고 있었고, 한편 그 새는 조용히 나무에 앉아 날카롭고 매서운 눈으로 우리를 내려다보고 있었다.

"저놈은 이제 다시 안 올 거야."

어떤 사람이 외쳤다.

하지만 하인 고트로프가 말했다.

"저놈이 날 수만 있다면 벌써 산 넘어 계곡으로 날아가 버렸을걸요."

매는 발톱을 나뭇가지에서 떼지 않은 채 커다란 날개를 여러 차례 퍼덕거리며 날기를 시도했다. 우리는 무척이나 흥분했다. 사람들이 그 새를 잡는 게 좋을지, 아니면 그 새가 날아가는 것이 좋을지, 어느 쪽이 나에게 더 기쁜 일이 될지 도무지 알 수가 없었다. 고트로프가 사다리를 가져오고, 다하텔바우어 씨가 직접 나무 위로 기어올라 매를 잡으려고 팔을 뻗었다. 그 순간 매는 힘차게 날개를 펄럭거리기 시작했다. 그 광경을 지켜본 우리 어린애들은 어찌나 가슴이 벅찬지 숨이 막힐 지경이었다. 우리는 우아한 날갯짓을 하는 그 새에게 도취해 눈을 뗄 수 없었다. 다음 순간 장관이 눈앞에 펼쳐졌다. 매는 두세 번 크게 날개를 휘저으면서 자신이 얼마나 날아갈 수 있는지 가늠해 보고, 천천히 그리고 유유히 커다란 원을 그리며 높이 높이 공중으로 날아올라 종달새 크기만 해지더니 반짝거리는 창공으로 조용히 사라졌다. 우리는 사람들이 모두 떠난 뒤에도 한참 그 자리에 서서 고개를 위로 향한 채 온 하늘을 뒤졌다. 그때 브로지가 갑자기 하늘을 향해 목청껏 환호성을 내질렀다.

"날아라, 날아! 이제 넌 다시 자유의 몸이야."

✿ 어릴 적 만난 사람 중 지금까지 기억에 남아 있는 사람은 누구인가요?

이웃 우마차 창고도 생각났다. 비가 세차게 쏟아질 때면 우리는 어둠침침한 창고 속에 둘이 함께 웅크리고 앉아 소나기가 지붕을 때리며 미쳐 날뛰는 소리를 듣기도 하고, 폭우로 마당에 실개천과 강, 호수가 생기는가 하면, 빗물이 넘쳐 범람하고 서로 뒤엉키며 변화무쌍한 광경을 연출하는 것을 지켜보기도 했다. 언젠가 우리가 그렇게 쪼그리고 앉아 빗소리에 귀를 기울이고 있는데, 문득 브로지가 입을 열었다.

"야, 지금 홍수가 밀려오는 중이야. 이제 우리 어떻게 하지? 마을이 벌써 다 물에 잠겼어. 빗물이 이미 숲까지 차올라 가고 있어."

우리는 온갖 상상을 하며 마당 여기저기를 두리번거렸다. 퍼붓는 빗소리에 귀를 기울이며, 우리는 그 빗소리에 실려 온 먼바다의 파랑과 조류 소리를 들었다.

각목 너덧 개로 뗏목을 만들면 우리 둘이 거기에 넉넉히 탈 수 있을 거라고 내가 말했다.

"그럼, 네 아버지와 어머니 그리고 우리 아버지와 어머니, 고양이와 네 동생은 어떻게 하고? 놔두고 갈 생각이야?"

나는 다급하고 흥분한 나머지 가족을 미처 생각하지 못했다. 나는 변명을 하느라 거짓말을 했다.

"그래, 난 모두 물에 빠져 죽은 줄 알았어."

내 말을 듣더니 브로지는 심각하고 슬픈 표정을 지었다. 그 애는 그 상황을 사실처럼 머릿속에 떠올리고 있었다.

잠시 후 그 애가 말했다.

"이제 우리 다른 놀이 하자."

그 애의 불쌍한 까마귀가 아직 살아서 이리저리 껑충껑충 뛰어다니던 시절, 한번은 그 까마귀를 정원이 딸린 우리 집 뒤채로 가지고 간 적이 있었다. 우리가 까마귀를 횃대 위에 올려놓았는데 까마귀는 횃대에서 이리저리 옮겨 다녔다. 이 까마귀는 횃대에서 내려올 줄을 몰랐다. 나는 까마귀에게 집게손가락을 내밀며 장난삼아 말했다.

"자, 야콥, 한번 물어 봐!"

그러자 그놈이 내 손가락을 쪼았다. 쪼인 손가락이 크게 아프지는 않았지만 그래도 나는 화가 났다. 그래서 그놈을 한 대 갈겼다. 벌을 주기 위해서였다. 그러자 브로지가 내 몸을 꽉 움켜쥐고는 꼼짝 못 하게 했다. 그새 까마귀는 겁에 질려 횃대에서 내려와 밖으로 달아났다.

"이거 놔! 저놈이 날 물었단 말이야."

나는 화가 나서 소리를 지르며 브로지와 몸싸움을 벌였다.

"네가 직접 쟤한테 '야콥, 물어 봐.'라고 했잖아!"

브로지도 소리를 지르며, 저 새는 전혀 잘못한 게 없다고 설명조로 또박또박 말했다.

"그렇담 할 수 없지."

나는 브로지의 훈계에 화가 치밀었지만 수긍하듯이 대답하고, 속으로는 언제 한번 저놈을 혼내 주리라고 다짐했다.

브로지가 이미 정원을 나가 자기 집 쪽으로 반쯤 걸어가다 말고 나를 부르더니 다시 돌아오고 있었다. 나는 그 애가 오기를 기다렸다. 그 애가 오더니 말했다.

"너 말이야, 야콥한테 아무 짓도 하지 않는다고 분명히 약속해!"

내가 아무 대꾸도 하지 않고 뻣뻣하게 서 있자 그 애가 커다란 사과 두 개를 주겠다고 제안했다. 내가 그 제안을 받아들이니까 그 애는 집으로 돌아갔다.

그 뒤 얼마 안 있어 그 애의 집 마당에 있는 사과나무에 첫 야코비 사과들이 무르익었다. 그 애는 약속했던 사과 두 개를 가져왔다, 제일 예쁘고 가장 큰 것으로. 나는 어쩐지 쑥스러운 마음이 들어 사과를 얼른 받을 수가 없었다. 그러자 그 애가 말했다.

"받아. 이 사과는 야콥 때문에 주는 게 아니야. 야콥이 아니라도 그냥 주었을 거야. 네 동생하고 나누어 먹어."

나는 그제야 사과를 받았다.

✿ 어릴 적에 받았던 '선물'이나 '친절' 중 기억나는 것이 있나요?

언젠가 우리는 오후 한나절 목초지를 돌아다니다가 숲속으로 들어간 적이 있었다. 이 숲속의 덤불 아래에는 부드러운 이끼가 자라고 있었다. 우리는 피곤해서 그 위에 앉았다. 파리 두세 마리가 버섯 위에서 앵앵거리고 있었고, 온갖 새들이 날아다니고 있었다. 새 중에는 우리가 아는 것도 있었지만 대부분은 모르는 새들이었다. 딱따구리 한 마리가 열심히 나무를 쪼아 대는 소리도 들렸다. 우리는 기분이 너무 좋고 즐거워서 말하는 것도 잊고 있었다. 다만 둘 중 누군가가 색다른 것을 발견하면 상대방에게 손으로 그쪽을 가리켰다. 활 모양으로 굽은 녹색 공간에는 푸르고 여린 빛이 흐르는 가운데, 숲은 신비로운 갈색 노을 속에서 멀리 사라져 가고 있었다. 저 뒤쪽에서 무언가 움직임이 있나 했더니, 그건 나뭇잎 흔들리는 소리와 새들이 날아가는 소리였다. 그 소리는 마법의 동화 세계에서 들려오는 듯, 신비에 가득 찬 음색을 띠고 있었다. 그 소리는 많은 의미를 담고 있는 것 같았다.

뛰어오느라고 꽤나 더웠는지 브로지는 상의를 벗더니 조끼마저 벗고 이끼에 털썩 드러누웠다. 한번은 그 아이가 몸을 뒤척이는 통에 목 언저리의 셔츠가 벌어졌다. 그때 나는 깜짝 놀랐다. 그 아이의 하얀 등 위에 붉은색 상처 자국이 길게 나 있었기 때문이다. 그 순간 나는 그 상처가 어떻게 해서 생긴 것이냐고 묻고 싶었다. 내심 진짜 불행한 사건이 있었을 것이라는 기대에 들떠 있었다. 하지만 그 상처가 어떻게 해서 생겼는지 누가 알겠는가. 갑자기 묻고 싶은 생각이 사라졌다. 그래서 아무것도 못 본 체했다. 나는 그렇게 큰 상처를 입은 브로지가 무척이나 애처롭다는 생각이 들었다. 그 상처를 보면 그 아이는 분명 엄청난 피를 흘렸을 테고, 브로지에게 너무나 큰 고통을 안겨 주었을 것이다. 그 순간 나는 브로지에게 예전보다 더 큰 애정을 느꼈는데 겉으로 드러내서 표현하지는 않았다.

우리는 숲에서 시간을 보내다가 느지막해서 집으로 갔다. 내 방에 들어온 나는 굵은 라일락나무 기둥으로 만든, 내가 가장 좋아하는 장난감 총을 꺼냈다. 이 총은 하인이 나를 위해 만들어 준 건데, 그걸 가지고 가서 브로지에게 선물했다. 브로지는 내가 장난으로 그러는 줄 알고 총을 받으려 하지 않았다. 심지어 그는 양손으로 뒷짐을 졌다. 나는 어쩔 수 없이 그걸 그의 주머니에 강제로 넣어 줄 수밖에 없었다.

그 밖에도 이 일 저 일 모두 다시 새록새록 떠올랐다. 개울 반대쪽에 있는 전나무 숲에서 있었던 일도 생각났다. 한번은 내 동무와 그 숲으로 건너갔다. 우리가 좋아하는 노루를 보기 위해서였다. 우리는 넓은 숲속에 들어서서 하늘 높이 치솟은 나무들 사이로 매끈하게 깔린 황토 위를 샅샅이 뒤졌다. 그러나 노루는 한 마리도 발견하지 못했다. 그 대신 땅 위로 드러난 전나무 뿌리 사이에 놓인 바윗덩어리들이 우리 눈에 띄었는데, 이 바위들 위에는 온통 밝은 빛을 띤 이끼가 가늘게 다발을 이루며 마치 초록 반점처럼 조그맣게 돋아 있었다. 내가 조그만 이끼 반점 — 이것은 사람의 손보다 크지 않았다 — 하나를 뜯어내려고 하자 브로지가 황급히 말렸다.

"그거 그냥 놔둬!"

내가 그 이유를 물으니까 그가 설명했다.

"그건 천사가 숲속을 지나갈 때 생기는 발자국이야. 천사가 지나가는 곳은 어디든지 바위에 금방 그런 이끼가 자라난다고."

이제 우리는 노루 생각은 잊은 채 혹시라도 천사가 나타나기를 기다렸다. 우리는 꼼짝하지 않고 망을 봤다. 숲속은 쥐 죽은 듯이 조용했다. 황토 위에는 밝은 햇살이 이글거리고 있었고, 멀리 수직으로 뻗은 나무들은 높고 붉은 기둥처럼 열을 지어 있었다. 거무스름한 나무우듬지들 뒤쪽 창공에는 새파란 하늘이 펼쳐져 있었다. 이따금 시원한 실바람이 소리 없이 지나갔다. 그러나 주위가 너무 조용하고 고즈넉해서 천사가 진짜로 곧 올지도 모른다는 생각이 들면서 우리는 겁도 나고 심각해지기 시작했다. 잠시 후 우리는 숨을 죽인 채 재빨리 그곳을 떠나 늘비한 바위와 나무들을 지나 숲을 빠져나왔다. 잔디밭과 개울이 있는 곳에 되돌아와서 우리는 다시 한번 한동안 숲 쪽을 건너다본 뒤 집으로 곧장 달려갔다.

✿ 어릴 때처럼 여전히 마음을 아프게 하는 것이 있다면 무엇인가요?

그 후 나는 브로지와 또 한 번 다투고 다시 화해했다. 겨울이 올 무렵 브로지가 병이 났는데 그 애한테 가 보지 않겠느냐고 부모님이 내게 말했다. 나는 한두 번 그 애한테 갔다. 그 애는 침대에 누워 있었는데, 아무 말도 하지 않았다. 나는 그 애가 걱정되면서도 또 한편으로는 말 없는 그 애와 함께 있는 것이 지루했다. 그 애 어머니가 오렌지 반쪽을 가져다주었지만 지루하긴 마찬가지였다. 그 뒤 그 애와의 관계는 끊어졌다. 나는 내 동생이나 뢰너스니켈과 놀았고, 때로는 여자애들과도 놀았다. 그렇게 길고 긴 시간이 흘렀다.

눈이 와서 녹고 또 눈이 왔다. 냇물이 얼고 다시 녹았다. 냇물은 갈색을 띠다가 하얀색으로 변하더니 홍수가 났고, 계곡 위쪽에서 익사한 돼지들과 재목 더미가 강물에 떠내려 왔다. 병아리들이 부화해서 그중 세 마리가 죽었다. 내 동생은 병이 들었다가 다시 건강을 되찾았다. 헛간에서는 타작을 했고, 방 안에서는 실을 잣았다. 이제 밭갈이가 시작되었다. 그러나 이 모두는 브로지가 없는 가운데 진행되었다. 이렇게 그 애는 나로부터 점점 멀어졌고, 마침내 내 기억에서 사라지고 잊혔다. 그러다 오늘 밤을 맞이했다. 불그스레한 빛이 열쇠 구멍으로 새어 들어오고, 아버지가 어머니에게 '봄이 가기 전에 죽게 될 것 같아'라고 말한 그 밤을 말이다.

여러 가지 혼란스러운 기억과 어수선한 기분이 뒤섞이는 가운데 나는 잠이 들었다. 사라진 놀이 동무에 대한 기억, 간신히 일깨워진 이 기억은 다음 날엔 아마도 분주한 일상으로 다시 기억의 저편으로 사라졌을 것이다. 그리하여 아마도 그렇게 생생한 아름다움과 강렬함 속에 다시 떠오르지 못했을 것이다. 그런데 아침 식사 자리에서 어머니가 나에게 물었다.

"너와 항상 같이 놀던 브로지 생각나니?"

"생각나요."

내가 큰 소리로 말하자, 어머니는 그 인자한 목소리로 말을 이었다.

"봄이 오면 너희들 둘은 함께 학교에 가게 될 텐데, 그 애가 지금 병이 나서 학교에 못 갈지도 모르겠구나. 너 그 애한테 한번 가 보지 않으련?"

어머니는 아주 진지한 어조로 말했다. 나는 어젯밤에 아버지가 했던 말이 기억났다. 섬뜩한 기분이 들기도 했는데 한편으로 불안하면서도 호기심이 일었다. 아버지 말에 따르면 브로지의 얼굴에 죽음의 그림자가 깃들어 있다고 했다. 그 생각을 하니 말할 수 없이 무섭기도 하고, 한편으로 야릇한 기분이 들기도 했다.

"생각나요."

내가 다시 한번 말하자 어머니는 진지한 어조로 당부했다.

"그 애가 병중인 거 잊지 말아! 이제 넌 그 애하고 놀 수 없단다. 그러니까 그 애 앞에서 떠들거나 소란을 피워서는 안 돼."

나는 어머니와 단단히 약속했다. 그리고 그 애에게 가기도 전부터 조용하고 조신해지려고 미리 무척 애를 썼다. 이튿날 아침에 나는 그 아이의 집으로 건너갔다. 서늘한 아침 햇볕을 받으며 나목이 된 마로니에 나무 뒤쪽에 있는 집 앞에 당도했다. 그 집은 조용하면서도 장엄한 모습을 하고 있었다. 나는 걸음을 멈추고 잠시 현관 안쪽으로 귀를 기울여 보다가 불현듯 집으로 돌아가고 싶은 생각이 들었다. 그러나 나는 마음을 고쳐먹고 빠른 걸음으로 붉은색 돌층계를 올라갔다. 반쯤 열린 문을 넘어서면서 나는 주위를 둘러보고, 그러고 나서 문을 두드렸다. 작은 키에 동작이 날렵하고 상냥한 브로지의 어머니가 나오더니 나를 번쩍 들어 올려 내 볼에 키스해 주면서 물었다.

"브로지를 보러 온 거니?"

이어서 그녀는 내 손을 잡고 이층의 하얀 방문 앞으로 나를 데리고 갔다.

나를 음울하고 무서운 경이의 나라로 안내할 것 같은 그 손이 나에게는 영락없이 천사 아니면 마술사의 손처럼 느껴졌다. 무서운 경고라도 받은 듯 가슴이 떨렸다. 나는 머뭇거리며 뒷걸음을 치려고 무진 애를 썼다. 그 때문에 그녀가 내 손을 잡아끌다시피 해서 방 안으로 데리고 갔다. 방은 크고 밝았으며 아늑하고 깔끔했다. 내가 겁이 나서 당황한 표정으로 문가에 서서 채광이 좋은 침대 쪽을 바라보고 있자니 그녀가 나를 그쪽으로 데리고 갔다. 그때 브로지가 우리 쪽으로 돌아누웠다.

나는 그 애의 얼굴을 자세히 들여다보았다. 그 애의 얼굴은 말라서 홀쭉해졌지만, 죽음의 빛은 찾아볼 수 없었다. 오히려 온화한 빛을 띠고 있었다. 그의 눈에는 평소와 다른 어떤 것, 이를테면 선량하고 진지하며 침착한 그 무엇이 깃들어 있었다. 그런 그 애의 눈을 보자 나는 전나무 숲에 서서 귀를 기울이던 그때처럼, 두려움과 호기심에 숨을 죽이면서 내 근처를 지나갈 천사의 발소리를 듣고자 했던 그때처럼 가슴이 두근거렸다.

브로지가 고개를 끄덕이며 나에게 손을 내밀었다. 그 애의 손은 뜨겁고 메마르고 여위어 있었다. 그 애의 어머니가 그 애를 쓰다듬어 주고는 나에게 고개를 끄덕이더니 방을 나갔다. 그렇게 나는 혼자서 그 애의 작고 높다란 침대 옆에 앉아서 그 애를 바라보았다. 우리 둘은 한동안 아무 말도 하지 않았다. 마침내 그 애가 입을 열었다.

"너 여전하구나."

"그래, 너도 여전하지?"

"너의 어머니께서 가 보라고 그러셨니?"

나는 고개를 끄덕였다.

그 애는 피곤했는지 들었던 고개를 다시 베개 위로 떨어뜨렸다. 나는 무슨 말을 해야 좋을지 몰라 내 모자의 술만 잘근잘근 씹으며 그 애를 계속 쳐다볼 수밖에 없었다. 그 애도 나를 한참 쳐다보다가 미소 지으며 장난으로 눈을 깜빡였다. 그러고 나서 그 애가 천천히 옆으로 약간 돌아누웠는데, 문득 그 애의 속옷 단추 사이에 난 틈으로 무언가 붉은 것이 반짝거리는 게 보였다. 그 애의 어깨에 난 커다란 상처 자국이었다. 그것을 본 순간 나는 돌연 울음이 터졌다.

그 애가 다급하게 물었다.

"야, 너 왜 그래?"

나는 대답하지 못한 채 계속 울면서 뺨에 흐른 눈물을 올이 거친 모자로 마구 닦아 냈다. 뺨이 아플 때까지.

"말해 봐, 너 왜 우는 거야?"

"네가 이렇게 아프니까."

그제야 나는 대답했다. 하지만 이 대답은 내가 울게 된 진짜 이유가 아니었다. 그건 그 아이에 대한 나의 격렬한 애정과 자비심의 한 표현이었다. 예전에도 이미 그런 느낌이 든 적이 한 번 있었는데, 가슴속에 침전해 있던 그 감정이 지금 돌연 세찬 분수처럼 솟아올라 걷잡을 수가 없었다. 브로지가 말했다.

"내 병이 그렇게 심각한 건 아니야."

"그럼 곧 낫게 되니?"

"아마 그럴 거야."

"언제쯤 낫는 건데?"

"나도 몰라. 아마 오래 걸릴 거야."

✿ 연민이나 사랑의 감정으로 할 수 있는 일에는 무엇이 있나요?

잠시 뒤에 보니 어느새 그 애가 잠들어 있었다. 나는 한참 기다리다가 방을 나와서 계단을 내려가 집으로 왔다. 어머니가 병문안 갔던 일에 대해 꼬치꼬치 묻지 않은 것이 여간 다행인 게 아니었다. 어머니는 내가 무언가 경험하고 평소와 달라져 있음을 알아차리고 내 머리만 쓰다듬어 주시면서 말없이 고개를 끄덕였다.

  그런데도 나는 그날 아주 버릇없이 군 것 같았다. 나는 사나워지고 불친절해졌다. 동생을 대할 때도 그랬고, 부뚜막에서 일하는 하녀에게도 화를 냈다. 그런가 하면 나는 질퍽한 들판을 마구 휘젓고 다니다 옷을 엉망으로 더럽혀 집에 돌아왔다. 어쨌든 이런 일들이 있었던 건 틀림없다. 왜냐하면 그날 저녁에 어머니가 아주 다정스럽고도 진지한 눈으로 나를 쳐다보고 있었다는 것을 나는 이 순간에도 또렷이 기억하고 있기 때문이다. 어머니가 그날 아침의 일을 말 없는 가운데 나에게 상기시켜 주고 싶었던 것 같았다. 나는 어머니의 마음을 잘 알았기에 내심 후회했다.

어머니도 그런 내 마음을 읽었는지 어딘가 평소와는 달랐다. 어머니는 창가에 있는 화분 받침대에서 흙이 가득 담긴 조그만 화분을 나에게 건네면서 그 속에 검은색 구근을 하나 심어 주셨다. 이 구근은 연둣빛을 띠고 있었는데, 수액이 오른 뾰족한 새싹을 벌써 몇 개나 달고 있었다. 히아신스 구근이었다. 화분을 나에게 주면서 어머니가 말했다.

"이걸 이제 너에게 줄 테니 잘 길러라. 그러면 언젠가 크고 붉은 꽃이 필 거야. 저기다 이걸 놓아둘 테니 정성껏 돌봐 줘라. 쓸데없이 만지작거리거나 옮겨 놓아서도 안 된다. 그리고 매일 두 번 물을 주어야 해. 혹시 네가 잊어버리면 내가 일러 줄게. 예쁜 꽃이 피면 그때 넌 그걸 브로지에게 갖다주어라. 그러면 그 애가 좋아할 거야. 너도 그렇게 생각하지?"

어머니는 나를 잠자리로 보냈다. 잠자리에 든 나는 그 꽃이 자랑스러웠다. 꽃이 피기를 기다리는 것이 나에게는 명예롭고 중대한 사명처럼 여겨졌다. 하지만 바로 그다음 날 벌써 나는 물 주는 일을 잊어버려서 어머니가 그 일을 상기시켜 줬다.

"브로지에게 갖다줄 꽃 어떻게 됐니?"

어머니가 물었다. 어머니는 매일 한 번 이상 그걸 나에게 상기시켜 줘야만 했다. 그런데도 그 당시 내 꽃만큼 그렇게 내 마음을 사로잡고 나를 행복하게 해 준 꽃은 하나도 없었다. 방 안과 뜰에는 다른 꽃들, 더 크고 더 예쁜 꽃들이 많았다. 어머니와 아버지가 종종 그 꽃들을 나에게 보여 주셨지만, 조그맣게 자라는 그 꽃만큼 내가 애정을 갖고 바라보고 가꾸면서 꽃이 피기를 기원하고 노심초사하기는 처음이었다.

며칠간은 그 작은 꽃의 상태가 별로 좋아 보이지 않았다. 알지 못할 병에 시달려서 제대로 자라지 못하고 있는 것 같았다. 내가 그 모습을 보고 울적해하다가 급기야 안절부절못하니까 어머니가 말했다.

"봐라, 저 꽃이 마치 브로지처럼 병이 든 것 같구나. 전보다 더 아끼고 잘 가꾸어야겠구나."

어머니의 그 비교가 나에게는 정말 그럴듯하게 여겨졌다. 그 비교는 나에게 즉시 아주 새로운 생각을 하게 만들었고, 나는 이 새로운 생각에 완전히 빠지고 말았다.

나는 이제 힘겹게 자라는 그 조그만 화초와 병든 브로지 사이에 은밀한 연관이 있을 거라는 느낌이 들었다. 그렇다, 이 히아신스가 성공리에 꽃을 피우면 내 동무도 다시 건강해질 것이라는 굳은 신념을 갖게 된 것이다. 만약 꽃이 그렇게 피지 못하면 브로지도 죽게 될 것이다. 만약 내가 그 화초 돌보기를 게을리해서 그 꽃이 죽기라도 한다면 그 책임은 내가 지어야 한다는 생각이 들었다. 이런 생각이 굳어지자 나는 불안해져서 그 꽃 화분을 신줏단지처럼 모셨다. 마치 그 속에 나만이 알고 있는 어떤 특별한 마력이 숨겨져 있는 것처럼.

첫 병문안을 간 지 사나흘이 지나서 — 히아신스는 여전히 상태가 매우 나빠 보였다 — 나는 다시 이웃집 브로지에게 건너갔다. 브로지는 아주 조용히 누워 있었다. 나는 할 말이 없어서 그냥 침대 옆에 가까이 서서 위로 향한 그 아이의 얼굴을 내려다보았다. 그의 얼굴은 하얀 침대보와 대조적으로 연약하면서도 따사로워 보였다. 그는 가끔 눈을 떴다가 감을 뿐 꼼짝도 하지 않았다. 나보다 더 영리하고 나이 많은 사람이었다면 아마도 저 어린 브로지의 영혼이 이미 이승에서의 삶에 불안을 느끼고 저승으로 돌아가기를 바라고 있음을 감지했을 것이다.

조그만 방의 침묵이 나에게 불안감을 불러일으키려는 찰나에 브로지의 어머니가 살며시 들어와서 친절하게 나를 밖으로 데리고 나갔다.

그다음 번은 훨씬 가벼운 마음으로 그 애에게 갈 수 있었다. 왜냐하면 내가 집에서 기르던 히아신스의 꽃대가 새로이 활기를 찾았는지 뾰족하고 싱싱한 잎사귀를 내밀고 있었기 때문이다. 이번에는 브로지도 한결 생기 있어 보였다.

"너도 야콥이 살아 있을 때 기억이 나지?"

그 애가 물었다. 우리는 까마귀에 대한 기억을 떠올리면서 그 새에 관해 얘기를 나누었고, 그 새가 할 수 있었던 세 마디 짤막한 말을 흉내도 내보았다. 그리고 얼마 전에 길을 잃어 우리 동네로 날아들었던 회색과 붉은색을 띤 앵무새를 그리워하며 그 새에 관해서도 신나게 이야기했다. 나는 이야기에 골몰하는 바람에 브로지가 얼마 안 가서 다시 피곤한 기색을 보였는데도 눈치 없이 계속 떠들어 댔다. 나는 그 아이가 병중이라는 사실을 까맣게 잊고 있었다. 우리 집에서는 전설이 되어 버린 저 도망쳐 날아간 앵무새에 관해서 나는 계속 떠들어 댔다.

✿ 소중한 것을 잃은 적이 있다면 그 이유는 무엇이었나요?

다음이 이 이야기의 백미였다. 우리 집의 늙은 정원지기가 헛간의 지붕 위에 앉은 그 예쁜 새를 보자 그 새를 잡으려고 곧장 사다리를 대고 올라갔다. 그가 지붕에 당도해서 조심스럽게 그 앵무새에게로 다가갔는데 그놈이 말했다.

"안녕하세요!"

그 말에 정원지기는 모자를 벗고 대답했다.

"용서하세요, 전 댁을 날짐승으로 착각할 뻔했습니다."

이야기를 끝낸 나는 브로지가 틀림없이 박장대소를 하리라 생각했다. 그러나 그 애는 그렇게 하지 않았다. 내가 매우 의아한 표정으로 그 아이를 쳐다보자 그 아이는 부드럽고 다정한 미소를 지었다. 그 애의 뺨은 평소보다 약간 붉어 있었다. 하지만 그 애는 아무 말도 없었고 크게 웃지도 않았다.

그때 나는 문득 그 애가 나보다 훨씬 철들어 보인다는 생각이 들었다. 지금까지의 재미가 삽시간에 사라지고 마음속이 혼란해지고 걱정으로 가득차기 시작했다. 우리 사이에 이제 무언가 서먹서먹하고 껄끄러운 것이 가로놓여 있음을 나는 감지했기 때문이다. 겨울 파리 한 마리가 방 안을 왱왱거리고 다녀 내가 파리를 잡을까, 하고 물었다.

"아니야, 그냥 놔둬!"

브로지가 말했다. 그렇게 말하는 브로지가 어른 같아 보였다. 나는 가슴이 답답해진 상태에서 그 집을 나왔다.

집으로 돌아오는 길에 나는 내 생애에서 처음으로 이른 봄의 베일을 두른 충만한 아름다움을 느꼈다.

이런 기분에 다시 한번 젖어 든 것은 나의 유년 시절이 완전히 끝날 무렵이었다. 이런 기분이 어떤 것인지, 어째서 이런 기분이 들었는지 나는 알 수 없다. 하지만 미풍이 불고, 밭 가장자리에 축축하고 거무스름한 흙덩이가 부풀어 줄무늬 모양으로 반짝거리고, 대기는 특이한 높새바람 냄새를 풍기고 있었다는 건 기억이 난다. 또 한 가지 기억나는 건, 내가 어떤 멜로디를 응얼거리려고 하다가 무언가가 가슴을 짓누르는 바람에 곧 그만두고 말았다는 것이다.

이웃집에서 집으로 돌아오는 이 짧은 시간이 나에게는 이상하게도 가슴속 깊이 새겨졌다. 자세한 것은 이제 더 이상 거의 기억나지 않지만, 이따금 눈을 감으면 그 시절로 돌아갈 때가 있다. 그럴 때면 어린아이의 눈으로 대지를 바라보게 된다. 신의 선물이요 신의 창조물인 대지를, 처녀지의 아름다움을 지닌 이 대지를 아련히 가물거리는 꿈결에서 보게 되는 것이다. 우리 어른들은 예술가나 작가의 작품에서나 볼 수 있는 이 대지를. 집으로 돌아오는 그 길은 아마도 이백 보가 채 안 될 것이다. 그러나 짧은 그 길 위와 그 길가에서 내가 보고 경험한 것들은 훗날 내가 여기저기 다닌 여행길에서 보고 경험한 것들의 총합보다 훨씬 더 큰 의미를 지닌다.

잎이 떨어진 과수들은 꼬불꼬불한 큰 가지들을 위협적으로 하늘로 뻗고, 잔가지들로부터는 물기 어린 적갈색 봉오리들에서 움이 돋아나고 있었다. 이것들 위로는 바람이 불고 꿈에 젖은 구름이 열을 지어 날아가고 있었고, 이것들 아래에서는 발가벗은 대지가 봄을 숙성시키며 부풀어 오르고 있었다.

비에 넘친 웅덩이들이 실개천을 만들며 흙탕물을 거리로 흘려보내고 있었다. 이 실개천에는 시든 배나무 잎들과 갈색의 조그만 나뭇조각들이 헤엄을 치고 있었다. 이것들은 쪽배가 되어 달리다가 물가에 정박하여 희열과 고통 등 변화무쌍한 운명을 체험하고 있었다. 나 또한 이들과 함께 이런 운명을 체험하였다.

갑자기 검은 새 한 마리가 내 눈앞에서 공중으로 날아오르더니 몸을 뒤집으며 비틀거리다가 돌연 길게 떨리는 물결 모양의 소리를 토해 내고는 멀리 사라져 갔다. 그 순간 내 마음도 함께 날아갔다.

말 두 마리가 끄는 빈 달구지 한 대가 덜컹덜컹 바퀴를 굴리며 지나갔다. 그 마차는 모퉁이를 돌아갈 때까지 내 시선을 끌었다. 달구지는 튼튼한 말에 끌려 미지의 세계에서 왔다가 아름다운 영감을 불러일으키고는 그 영감을 다시 거두어들이면서 미지의 세계로 사라져 갔다.

이것들은 한 가지 혹은 두세 가지 조그만 회상에 불과했다. 하지만 한 어린아이가 돌이나 식물, 새, 공기, 색깔, 그림자 등을 통해서 매 순간 획득했다가 곧 잊어버리고, 그러다가 또 운명과 세월의 변화 속에서 다시 마주하는 이 체험과 흥분과 기쁨을 그 누가 헤아릴 수 있을까? 지평선 위에 펼쳐진 대기의 진기한 색채와 집이나 정원 혹은 숲속에서 들려오는 아주 작은 소음 그리고 팔랑거리는 한 마리 나비의 모습과 일순간 어디선가 풍겨 오는 냄새는 종종 내 기억을 에워싸고 있던 구름을 헤치고서 내 마음속 깊은 곳에 침전해 있던 옛 시절을 잠시 떠올리게 한다. 이것 모두가 선명하지 못해서 하나하나 식별할 수는 없지만, 모두가 그 옛날과 다름없는 고귀한 향기를 지니고 있다. 그도 그럴 것이, 나와 모든 돌과 새 그리고 개울 사이에는 내적인 삶의 연관성이 존재하기 때문이다. 이 내적 연관성의 잔재를 보존하기 위해 나는 남들이 보기에 시기심이 날 정도로 온갖 노력을 다 기울였다.

✿ 봄이 우리 삶에 영향을 준다면 봄은 우리 삶을 어떻게 변화시키나요?

내 히아신스는 그동안 건실하게 자라서, 잎들을 위로 죽죽 밀어 올리면서 괄목할 정도로 건강해졌다. 이 화초와 더불어 내 기쁨과 내 동무의 회복에 대한 기대도 한층 더 커졌다. 그러더니 살이 오른 잎들 사이로 동그랗고 불그스름한 꽃봉오리가 부풀어 마침내 벌어지기 시작하는 날도 왔고, 또 그 후 꽃봉오리가 완전히 벌어져 가장자리에 흰 테를 두른 빨간색 예쁜 겹꽃잎이 어느새 만개한 날도 왔다. 그러나 자랑스럽고 기쁜 마음으로 조심해 가며 그 화분을 이웃집 브로지에게 갖다 준 날을 나는 완전히 잊고 있었다.

  그 후 어느 화창한 일요일이었다. 거무스름한 밭의 흙에서는 이미 조그만 초록색 싹이 돋아나고, 구름의 가장자리는 황금빛으로 물들었다. 그리고 물이 밴 길과 마당, 앞뜰에는 온화하고 맑은 하늘이 되비치고 있었다. 브로지의 작은 침대는 창가로 옮겨져 있었고, 그 창턱에는 햇빛을 받은 히아신스가 그 자태를 뽐내고 있었다. 환자는 상반신을 조금 일으킨 상태에서 베개에 받쳐져 있었다. 그 애는 나와 평소보다 좀 더 많은 이야기를 나누었다. 이발한 그 애의 머리 위로 포근한 햇살이 화사하게 반짝거렸고, 그 애의 귀는 햇살이 발갛게 투과하고 있었다.

나는 그 애의 그런 모습을 보며 매우 낙관적인 생각이 들었다. 이제 그 애가 머지않아 곧 완쾌되리라는 생각 말이다. 옆에 앉아 있던 그 애의 어머니가 그런 내 태도가 마음에 들었던지 노란 겨울 배 한 개를 주고는 나를 집으로 돌려보냈다. 미처 층계를 다 내려가기도 전에 나는 배를 한입 깨물었다. 배가 꿀처럼 달았다. 과즙이 턱과 손으로 흘러내렸다. 집에 오는 길에 나는 배를 다 먹고 나서 씨가 든 알맹이를 힘껏 던졌다. 배는 공중에서 곡선을 그리며 멀리 밭으로 날아갔다.

이튿날엔 비가 몹시 쏟아져서 나는 집에 있어야 했다. 손을 깨끗이 씻고 — 성경을 읽기 위해서는 이렇게 손을 깨끗이 씻어야 했다 — 나는 그림판 성서를 탐독했다. 거기에는 내가 좋아하는 그림들이 많이 있었는데, 그중에서 내가 제일 좋아하는 그림은 천국의 사자와 아브라함의 종 엘리에셀의 낙타 그리고 갈대 속에 버려진 어린 모세였다. 그다음 날에도 계속해서 비가 내려 나는 짜증이 났다. 오전 중의 절반은 빗소리가 들리는 마당과 마로니에 나무를 창문으로 멍하니 바라보다가, 그다음엔 내가 할 수 있는 장난이란 장난은 차례대로 다 해 보았다.

저녁 무렵에 장난을 그만두자 나는 동생과 한바탕 싸웠다. 항상 그랬던 것처럼 우리는 서로 티격태격하다가 동생이 나에게 욕을 심하게 해 대는 바람에 내가 동생을 때렸다. 동생은 울면서 방을 뛰쳐나가 복도와 부엌, 계단 그리고 큰방을 거쳐 어머니에게로 달려가 그 품에 몸을 던졌다. 어머니는 한숨을 내쉬면서 나를 쫓아냈다. 귀가한 아버지께서 자초지종을 듣고는 나를 야단치고 훈계하면서 잠자리로 보냈다. 침대에서 나는 알지 못할 슬픔에 잠겨 눈물을 흘렸는데 곧 잠이 들었다.

내가 브로지의 방으로 그를 다시 찾아간 것은 아마도 그다음 날인 듯하다. 그 애의 어머니가 줄곧 손가락을 입에 대고 조심하라는 표정으로 나를 쳐다보았다. 브로지는 눈을 감고 나직하게 신음하면서 침대에 누워 있었다. 걱정스러워 바라보니 그 애의 얼굴은 창백했고 고통으로 일그러져 있었다. 그 애의 어머니가 내 손을 그 애의 손에 얹어 주자 그 애가 눈을 뜨더니 잠시 나를 바라보았다. 그 애의 눈은 퀭하니 들어가 있었고, 평소와는 달라 보였다.

나를 응시하는 그 애의 눈빛은 아주 먼 데서 바라보는 것같이 낯설고 이상한 눈빛이었다. 그 애는 나를 전혀 알아보지 못하고, 나를 이상히 여기는 듯했다. 아니, 동시에 그 애는 다른, 훨씬 더 중요한 생각에 잠긴 듯했다. 잠시 뒤 나는 까치발로 살며시 그 방을 나왔다.

　그날 오후에 그 애의 청에 따라 그 애의 어머니가 옛날이야기를 하나 들려주었는데 그 애는 졸음에 잠겼다. 그런 상태가 저녁까지 지속되면서 점차 그 애의 약한 심장 고동이 서서히 꺼져 갔다.

　내가 잠자리에 들 무렵, 어머니는 벌써 그 사실을 알고 있었다. 하지만 어머니는 이튿날 아침에 내가 우유를 마시고 난 뒤에야 비로소 그 이야기를 나에게 들려줬다. 어머니의 말을 듣고 난 나는 온종일 몽유병 환자처럼 여기저기를 쏘다녔다. 나는 브로지가 천사에게 갔으며, 그 애 자신이 천사가 되었으리라 생각했다. 등에 상처 자국이 남아 있는 그 애의 작고 마른 육신이 아직 그 애의 집에 머물러 있었다는 것을 나는 몰랐으며, 그 애의 장례식도 보지 못했을 뿐만 아니라, 그것에 관해 아무것도 듣지 못했다.

나는 그 애의 죽음에 대해 여러 가지 많은 생각을 했다. 그러나 죽은 그 애는 세월이 흐르며 내게서 멀어졌고, 끝내는 내 의식에서 사라졌다. 그러다 어느새 철 이른 봄이 성큼 다가왔다. 산은 노란색, 초록색으로 아롱거리는 가운데 정원에서는 싱싱한 유목들에서 향기가 피어오르고, 마로니에 나무의 동그랗게 말린 잎들은 싹을 틔운 봉오리들을 정겹게 어루만지고 있었다. 그리고 묘지에는 황금빛으로 반짝이는 민들레가 실한 꽃대 위에서 환하게 웃고 있었다.

✿ 유년 시절은 지금의 내 삶과 어떻게 연결되어 있나요?

나를 만나는 기적의
명작 필사 1
유년 시절

초판 1쇄 2025년 4월 10일 | 지은이 헤르만 헤세 | 옮긴이 임호일 | 펴낸이 황미숙 | 편집 책임 황연정 | 편집 디자인 진보배 | 발행처 산나북스 | 이메일 sannabooks@naver.com | 출판 등록 제2023-000005호 | ISBN 979-11-987161-4-9 (03850) | 값15,000원 | 잘못된 책은 바꾸어 드립니다.